청어詩人選 373

# 가시떨기
# 나무의
# 노래

이정인 시집

청어

# 가시나무떨기의 나무

이정인 시집

## 시인의 말

주께선 나에게 코람데오(Coram Deo), '하나님 앞에서' 온전해야 한다는 깨우침을 주셨고, 그 불꽃 같은 눈동자를 의식한 나는 육적 자아를 처서 영적 자아에게 복종케 하는 인생길을 걸었다. 말씀에 순종, 신앙, 양심 지키며 사는 것이 힘들어서 눈물 젖은 기도로 그 분께 항의도 했고, 은밀한 다툼의 시간도 가졌었지만, 그분의 신령한 영역(사랑 울타리)을 이탈할 수는 없었다. 간절히 기도하던 어느 날, 은혜로운 전율 속에서 이사야 54장의 말씀을 내게 주셨다. 신비한 체험은 삶의 방향을 전환하게 했고, 베드로처럼 성격 급하기만 했던 나는 한 마리 양처럼 아버지의 품 안에서 자유를 느낄 수 있었다.

나는 12년 동안 일했던 복지 단체를 떠나 어르신들을 모시는 요양원에서 일하고 있다. 의사, 약사, 사업가, 교육자 등 화려한 과거의 삶도 인생 노화를 비켜 갈 수는 없는 것 같다. 요양원 입소 어르신들은 사회 곳곳에서 다양한 모습으로 살아오신 분들이다. 노화와 죽음은 인간의 운명이다. 나는 화려한 삶과 쓸쓸한 노후가 교차하는 현장에서, 신의 존재를 확인하게 된다. 주님의 뜻과 삶의 목적을 다시 한번 깨달았다. 이 세상은 임시세상이며 영원한 세계에 들어가기 전, 이스라엘 백성들이 연단 받았던 광야(훈련장)임을 깨달았다. 이제 자아 완성에 힘쓰며 영적 성화를 추구하는 삶으로 이끌어주신 나의 주님께 감사할 뿐이다.

이번에 묶는 시편들은 나의 삶이며 기도이며, 깨우침의 노래인 동시에 주님께 바치는 영광송이다. 21세기 인간들의 정서에 혹은 신앙생활에 작은 도움이 되기를 기도하면서 이 세상에 살다 간 아름다운 흔적, 고귀한 언어로 남기고 싶다. 모세가 보았단 가시떨기나무처럼 타오르는 시편들이 되어 영혼 구원 운동에 쓰임 받았으면 좋겠다.

2023년 1월
이정인

# 차례

## 2부  평화의 처소

## 3부  가시떨기나무의 노래

## 4부   절대 사랑

## 5부   시들지 않는 꽃

1부

장미꽃차를 우리며

# 사랑이라는 화두 앞에서

외로움이
차가운 바람에 솜털처럼
날을 세우는 밤에
묵상이 시작됩니다

당신을 닮아
아주 많이 사랑하기를 원했지만
그것이 값없이 주는 것이었는지

사랑이라는 미명 아래
얼마나 많은 바람이
숨어있었는지

창틈 사이로 스미는 겨울바람에
스스로 옷깃을 여미게 합니다
일생을 빗어도 완성할 수 없는
그 사랑이라는 화두 앞에서

# 평화의 기도

주여 당신의 품 안에서
나로 바람 앞에 티끌같이
자유하게 하옵소서!

강물 위에 떨어진 잎사귀처럼
노 젓는 손 멈추고
그 안에서 유영하게 하소서

내쉬는 숨결 하나하나마다
온유함이 흐르게 하시고
내딛는 발자국 하나하나에도
주의 평화를 끼치게 하소서

주여, 티끌 같은 종을
크신 은총으로 덧입히시고
땅에 사는 동안
평화의 도구로 써 주옵소서!

# 사랑이 아니면

스스로 지혜로운 사람이라고
자평하여 교만하지 마십시오
이는 손거울을 들고
자신을 얼굴을 비추는 것과 같습니다

지금은 호수에 비친
자신의 모습에 반해
그곳을 떠나지 못한다는 수선화 이야기를
떠올려 볼 때인지도 모릅니다

스스로 지혜롭고 현명한 사람이라고
생각하지 마십시오
우리는 누군가의 사랑이 아니면
모두 다 죄인인 것을

# 은총의 계절

미련한 계집에겐
겨울은 은총의 계절이다

굳이 나의 현명함이 없어도
폭풍 같은 입김으로
숨겨진 진실들을 아침같이 보이시고

돌배나무처럼
고통과 절망의 시간을 보낸 후에라도
하얀 꽃 다시 피게 하시는

겨울바람 속에는
신의 긍휼과 은총이 가득하다

# 잔인한 사랑

1
행복하고 싶은
그녀의 바램 속엔
고통의 창고 하나가
장승처럼 지키고 섰다

그러나 그녀가
피할 수 없음은
명줄 같은 사랑도
거기 함께 살기 때문이다

2
태풍이 몸을 일으켜
바다를 쟁기질하듯
내 마음에도
쟁기 하나 걸려있다

때때로 혼절해 가는
내 영혼에
광풍 같은 보습을 들이대
돌과 자갈을 고르는

그 잔인한 사랑

# 장미꽃차를 우리며

아무것도 할 수가 없습니다
묵정밭을 고르는 일도
포도나무 가지를 다듬는 일도

어느 것 하나 곱지 않은 것
애잔하지 않은 것 없으니

지혜와 명철을 잃고
죽을 만큼 답답한 날엔
선홍빛 장미꽃차 한잔을 우리겠습니다

이 어두움에 대낮 같은
당신을 기다리겠습니다

풀 한 포기를 드러내는 일도
이렇듯 내게는 가슴 아픈 일인걸
결코, 사랑하는 그대를
잃지 않겠습니다

# 잔디의 노래

머문 터는 평화롭고
충만한 자유가 있는 듯하나
심령 깊은 곳엔
혼돈과 두려움이 태반이다

한 그루 나무가 되고 싶다
그리고 시냇가에 심은 나무처럼
시절을 좇아, 좋은 열매를
풍성히 맺으며

가난한 자, 목마른 자
슬픈 자의 기쁜 양식이 되고 싶다
거친 바람에도 흔들리지 않는
뿌리 깊은 나무이고 싶다

얕은 뿌리 잔디처럼 겉도는 삶
늘 상처이다
나는 시냇가에 깊이 뿌리내린
열매 좋은 나무이고 싶다

# 생존의 의미

1
12월의 모진 바람에
납작 엎드린 풀들의 겸손
시선을 붙들어
놓지 않는 이유가 뭘까?

2
보도블록 사이로
모진 생명줄이 흐르고 있다
나를 보라는 듯
지쳐가는 영혼들을 채근하듯…

# 그 숲에 사는 이유

태줄이 잘리던
가장 가난했던 그 자리로
돌아가고 싶은

조금은 숙련된 존귀함으로
넉넉하게 흐르는 강줄기
그 서정 속의
한 폭의 풍경이고 싶은

생은 늘 양가감정의 전쟁터
무채색 꽃들 앞에 서면
내가 이리도 몸살을 하는
이유일 게다

상사화 빛 가슴으로 백지를 꿈꾸는
욕망 버리지 못한 까닭인 게다
내가 늘 갈등의 숲에
사는 이유…

# 내 인생에 가을이 오면

내 인생에 가을이 오면
빨갛게 잘 익은 사과처럼 탐스럽고
달콤새콤한
향기가 났으면 좋겠어

또 높은 감나무 끝에 달린
까치밥처럼
누군가를 위해 조금은
남길 거리가 있었으면 더 좋겠어

사시사철 푸른 소나무 보다
예쁜 한 잎 단풍으로 물들어 떠나는
뒷모습이 아름다운
사람이고 싶어

그것이 내 작은 삶을 터를 다듬는
소박한 이유일 게야
내 인생에 가을이 오면
달콤새콤한 향기를 남기고 싶어

# 아침 햇살

창문으로 스미는 12월의 아침 햇살이
숲을 흔드는 바람처럼
쇠잔한 영혼을 흔들어 깨웁니다

지친 삶에 시야는 좁아지고
길잡이의 하얀 깃발이
안개 속에 묻혀 분별할 수 없는 지경

나그네의 소망은 옅어만 가고
바람 한 점에도 시려와
혼미해만 가는데

유리창을 뚫고 찾아드는 햇살은
또 무엇을 독려하는지
섬광처럼 심혼을 파고듭니다

# 만유의 주

광풍이 요동치는 세상은
이를 지으신 이의 손길이
간절히 필요해
그의 안위가 필요해

물이 바다를 덮음 같이
상하고 파리한 주의 영토
무한한 은총으로 덮으소서!
여호와, 만유의 주여

곤고한 자를 위하여
속히 성벽을 세우시고
죄와 어둠의 홍수가
범람치 못하게 하소서!

진노의 얼굴을 돌이키시고
화평을 맹세하신 여호와가
우리의 주되심을
만민이 알게 하소서!

# 애인

그대 침묵에
내 가슴은 어느새
마른풀이다

부는 바람에
힘없는 몸뚱이를 맡기고
부대끼는 돛단배

회귀를 갈망하는
한 마리
연어일 뿐이다

# 유일한 사랑

그리움의 무덤 같은 그의 심장은
한시도 잊지 않고 살아온
유년의 고향 같은 부름이 있다

바람만 스쳐도 한 입 비명을 머금는
넉살 좋은 나의 엄살에도 모르는 척
보듬어 줄 것 같은 사랑의 기대가 숨어있다

옹달샘처럼 젖줄을 물리고
강을 마르지 않게 하는 질긴 사랑하나
그녀의 심장에 수액처럼 나른다

# 유월의 연가

몇 날이고 쏟아지는 장맛비에도
갈라진 호수는 은총을 입지 못한 듯
바닥을 드러내 갈증의 고통을 호소하고

습지를 피해 누운 그녀의 침상은
창밖에 내리는 비에도 한없이 젖는다

하늘 사랑에 농익어가는
나는 유월의 한 그루 푸른 나무이고 싶다
빗소리와 바람의 유혹에 빠져

행복에 겨워 해실거리는
느티나무 여유로운 그 포만감으로
뉘나 사랑하며 사랑받는, 존재이고 싶다

# 고난을 부르는 기도

그때 나는 내가
무엇을 구하고 있는지
알지 못했다

그저 까칠한 내 성격이 고통스러워서
옳지 않으면, 그르다는
흑백논리에 스스로 버거웠을 뿐

밤송이 같은 내 가시를 털어
세탁기 속 빨래 볼처럼
둥근 내가 되게 해달라고

의로운 기도를
드렸을 뿐이다

무한한 당신의 사랑보다
내 의로움과 겸손이 앞서는
고난을 부르는 이 기도

그때 내 안에는
어리석은 한 베드로가
살고 있었다

# 아침에 듣는 찬가

아침을 여는 트럼펫 연주
그 나지막한 울림에도
고막이 깨질 듯한
함성이 들어 있다

천둥과 번개와도 비할 수 없는
마치 한 장의 종이를 뚫고 지나는
화살처럼
단단한 내 심연을 관통하는

그 남자의 입술에는
깊은 안개를 밀쳐내는
조용한 햇살 같은
신의 은총이 매달려 있다

# 애증의 노래

조그맣고 곱던 그녀가
우리 집에 들어설 때마다
왜 그리도 독설을 퍼부으셨는지

말로 다 표현할 수 없는
사랑, 그리고 연민의 갈등

그녀가 기력이 다한 듯
귀가를 약속하지 않은 채
먼 여행을 떠나시던 날

굴절된 듯 쉰 목소리로
혼잣말처럼 부르시던 이별가
"다 잊고, 편히 쉬세요!"

엄마 그리고 그 어머니
그녀들의 방언 같은 대화들을
이제 조금은 해석할 수 있을 것 같다

심장이 터지도록 아픈
그 불효의 독백

# 고정관념

하얀 쌀밥 속에
정미 되지 못한 뉘 몇 개 보인다고
밥맛을 잃어가는 얕은 생각 머리
잠재의식의 적대감이다

다수를 외면하는
나의 불공정 처사이다

만유 가운데 더러는
피하고 싶은 것들이 있으나
그들을 수용하고
더불어 살아야 하는 것은

누군가에는 자신도
그런 존재일 수 있기 때문이다

유난히도 눈에 띄던
"평양 색시 집"이라는 간판 글귀에 매몰되어
호감을 갖지 못한 집단들
그녀의 무뢰한 일반화를 지적하고 있다

어느 선교사님의 설교는 지금
나의 고정관념을 치료하는 중이다

# 충만의 세계

폭우로 불어난 물은
탄천 뚝을 넘을 듯
위협하며 흐르는데

시청 앞 언덕 나무들은
제 세상을 만난 듯
연녹색 봄빛을 자랑하며
계절을 넘나든다

풍성함의 기쁨과
재앙의 두려움을 가진
충만의 두 얼굴

8월의 풍경 속에 숨겨 둔
주님의 음성인 듯
가뭄으로 지친 잎새를
춤추게 한다

# 2부

# 평화의 처소

# 소망의 기도 하나

"우리 집은 아직도 조미료를 씁니다"

은근히 미개인 취급하는 아이들 말에
조미료통을 추방하고 나니
입안에 쫙쫙 달라붙던 손맛도 사라졌다

오랫동안 주방 한자리를 차지하던
양념 통 하나가 사라지고 나니
솜씨 자랑하던 일도 옛일이 되어 간다

사랑과 정성으로도 모자란
나의 부족함을 채워주던 좋은 친구
그의 빈자리에 자꾸만 시선이 간다

사랑에 사랑을 더하고
능력에 능력을 더하도록
누군가의 작은 디딤돌

조미료 같은 벗 되길 간절히 기도한다

# 승리의 노래

코리안 시리즈가 진행되는 동안
마음이 졸여 TV 앞을 서성이거나
응원하는 팀 공격 순서가 끝나면 자릴 피해
집안일을 하며 중계방송을 봤다

그리고 한 경기를 상대 팀에 내어주고
다섯 경기를 내리 이겨 경기가 끝나는 날
선수들과 함께 운동장에 있는 양
나는 목청껏 탄성을 질렀다

이후 며칠 동안이나 다양한 채널들에서는
그 감동적인 응원 팀의 공격 순간과
차마 볼 수 없었던 위기의 순간들이
몇 번이고 재방영 되었다

만사 여유로움과 기쁨으로만 충만한
승리한 경기의 재방송,
"범사에 감사하라"라는 말씀을 들을 때마다
우울한 낯빛의 철부지 중년

승리하신 그분의 감격을 잊은 듯
그 기쁨에 참여하지 못하는 나를 돌아보게 한다
좋아하는 팀의 승리한 경기 재방송도
이렇게 좋기만 한 걸, 기쁘기만 한 걸

# 갈등의 숲

시간을 정하지 않은 약속은
늘 조바심으로 흔들리게 합니다
사래의 성급한 오판을
이해하게 합니다

평화는 바람 앞에 잎새처럼
순간에 머물다 흩어지길 반복하고
심연의 바다엔
파도가 그치지 않습니다

도마를 견고히 세우신 주님
믿음이 연약한 종을 또한 그리하소서
어리석은 분별로 앞서가지 않도록
그 마음 먼저 다가와, 이끄소서

미래를 알 수 없는 불안으로
지어가는 삶의 많은 오류에서 건지시고
폭풍이 그치지 않는
갈등의 숲, 잠재우소서

# 시간의 지우개

얼마나 다행스러운 일인지
그토록 아팠던 상흔들이 희미해지고
잊혀져 간다는 것이

연필 끝에 달린 지우개처럼
기억을 상실해 가도록 지음 받은 것은
바다 같은 은총이다

악몽을 꾸고 몇 날이 지난 것처럼
상처들을 딛고 살아갈 수 있었던 건
시간이라는 지우개가 있었던 게다

산고의 고통을 잊지 않고
뉘라서 다시 사랑을 꿈꾸겠는가
그 아픔을 잊지 않고

어찌 내가 살아낼 수 있었을까

# 러브레터

어쩌자고
머릿속에 든 몇 자의 문구로
이토록 아름다운 그대를
표현하고 싶단 말인가?

심연 소리도 다 쓸 수 없는
내 짧은 언어로
그대 고혹적인 향기를
말하고 싶단 말인가?

신은 그대
아름다운 이를 지으시
'좋았더라' 하셨으나

정녕 나는
천국의 언어를 배우고서야
그대를 향한 내 심연을
구슬로 꿰리라

매혹적인 그대 앞에서
혹, 일탈을 꿈꿀 수 있으리라

눈이 부시도록 아름다운 그대
싸리꽃, 뇌간을 가르는
짜릿한 그 유혹!

# 바보들의 행진

경제학의 둔재
또 모난 내 마음에
다듬질을 시작한 듯
당신은 빨랑카천사를 보냈습니다

너 혼자만
뜨겁지 않다고
구들장처럼 달구어진 심장 하나
불쑥 내던졌습니다

사랑은 그저
사랑일 뿐이라고
회초리 같은 은총을
퍼부었습니다

# 사랑의 방식

고장 난 자동차 같았다
애끓은 기도와 얼음처럼 차가운 이성으로도
견인할 수 없는

그리고 마침내 내 영혼이
끓는 물에 잠긴 푸성귀처럼
거반 다 죽어 갈 무렵

매 순간 들숨과 날숨이
내 것이 아니었듯
사랑, 것도 내 몫은 아니라고

봄비의 발걸음 소리처럼 추적추적
영혼 속으로 파고들었다
겨울 꽃잎 같은 당신의 그 음성

# 평화의 처소

가끔씩 나는
하루하루를 살아내는 게
너무 힘겹다고
지겹다고 투정을 부리지

그리고 모진 이 생명줄을
속히 본향으로 데려가 달라고
피를 토하듯
기도할 때도 있어

그러다가
내가 좋아하고 응원하는 팀의
승리한 게임의 재방송을 보면서
힘을 내곤 해

이미 이긴 게임에는
안타까운 실책도
풀리지 않는 지략도
답답하지 않았으니까

그리고 속삭이지
"주 안의 삶은 언제나
 승리한 게임을
 다시 보는 것과 같잖아"

평화의 처소
주의 말씀 안에서
소망의 빛을 찾아
평안을 누리지

# 인생

소나기에 섞인 우박처럼
시끄러운 서정

한동안 널 끌어안고 누우면
뜨거운 내 체온에 마춰된 듯
잠이 드는 기억들

기쁨은 기쁨대로
슬픔은 슬픔대로

장인(匠人)처럼
하루하루를 다듬어 꿰는
그것이 인생일 게다

그러므로 나와의 끝없는 전쟁은
정제된 삶을 위해 피할 수 없는
필터였던 게다

# 흐린 날의 안부

한쪽 손목이 골절된 후
일상은 다섯 배 혹은
그 배의 시간이 소요되는

나는 지금 느림의 미학에 대하여 연습 중이다

오른손잡이인 내게
늘 시늉이나 하듯 따라다니는 것 같던
왼손 역할의 부재

나는 지금 존중에 대하여 묵상 중이다

"네 이웃을 네 몸과 같이 사랑하라"
멍든 손가락 끝에 입술을 대고
사랑을 고백하는 마음

나는 지금 사랑에 대하여 재탐색 중이다

# 용서

애증이 끓은 심장은
회색빛 화산재였다
숨을 쉰다는 것조차
절망인

그러나 세월은 그것들을
검은 돌덩이로 굳혀가는가 싶더니
숭숭 구멍을 내어
바람의 길을 만들었다

죄인들이 함께 사는 세상
서로 용서하고 용납하라고
세상 밖으로 향하는
길을 낸 것이다

납덩이 같은 내 심장에도
예외 없이
방충망 같은 길이 생겼다
오뉴월의 바람 드나드는

# 나르시스의 계절

어둠의 영들이
군락지를 이루던 그곳에선
끝없는 북풍이 불어오고

인간의 마지막 경계라 믿었던
사랑이라는 것마저도
경제적 논리에 재고되는 현실은

한순간 낙뢰처럼
나의 지와 사랑의 정체성을
까맣게 태웠다

나르시스,
어둡고 슬픈 영의 그 탁월함이여
지의 열풍에 시들어만 가는

사랑의 그 혼

# 회색빛 바다

절대적인 사랑을 조롱하듯
닿는 곳마다 날이 되고
정이 되어 가는
그녀의 뜰이 난장이다

툭툭 불거진
그녀의 손길이 닿는 곳마다
장밋빛
사랑이었거늘

회색빛 너울이 번지는 공간
깊은 밤 소나기들의 난타처럼
번뇌케 한다
안개 짙은 어머니의 바다

# 피카소의 그림 앞에서

현란한 색채들의 동의
그 앞에 서면
나의 세계가 하얗게 바랜다

소통할 수 없는 방언처럼
그저 난해한 화폭일 뿐

누군가의 뇌 속을
여행한다는 것은
피카소의 그림을 보는 일인 게다

혼자만의 상상 속
무한 감동과 슬픔이 어우러진
숲을 짓는 일인 게다

한 사람을 더 깊이
묵상한다는 것…

# 허와 실
-베벌리 힐스에서


성주의 꿈을 꾸는 아이와
그녀의 어미는
자유와 비자유 사이에서
갈등 한다

자신도 모르게
깊은 성속에 갇혀
탈출하지 못하는
가여운 새들은 없는지

혹은,
누군가 낙원을
그곳에 두어
사모에 정 끓게 하는지

황량한 것들과
화려함의 극치
베벌리 힐스의 두 얼굴

# 꽃 멀미

역 앞, 돌배나무 하얀 꽃잎에서
왜 이렇게 눈이 부시도록 외로움이 묻어나는지
나는 도무지 이유를 알 수가 없습니다

돌배나무 하얀 꽃잎을 볼 때마다
어지럼증에 눈을 뜰 수 없는 그리움이
수맥처럼 내게로 흘러 주체할 수가 없는지

그의 철없는 기다림이
춘설처럼 왜 내 가슴으로 스미는지
나는 도무지 알 수가 없습니다

# 자존감의 의미

펄펄 끓는 몸뚱이에
해열제 하나 먹는 일이
어이, 사치스럽다
생각했습니까?

울적한 날에
잠시 비틀거리기로서니
무엇이 그리도
부끄러운 일일까요?

바람 앞에 촛불 같은 것이
인생인 것을
해 아래 상하지 않은 것이
없는 것을

어찌 홀로 외로워하다가
그리도 아파하다가
허울처럼 몸뚱이만 벗어두고
가볍다, 길을 재촉한답니까?

# 폭설이 내리는 풍경

빛에 이끌려
고요 속으로 빨려드는 사고

필경 내가
꿈꾸던 세계였으리라

겨울나무 빈 가지
세마포를 차려입듯
원초적 빈곤으로 돌아가
귀향하고 싶은

생을 재구성하듯
온 세상이 하얗게 물 들어가는 동안
깃털처럼 가벼워지는
영혼의 도식

하늘을 잇는
사닥다리 같다
폭설이 내리는
풍경

# 쓰나미의 흔적

용암처럼 끓는 체온은
물속 깊숙이 몸뚱이를 숨겨도
멈추지 않고

흔들리는 지축에
경계를 넘어버린 물살들의 거친 흔적
혼미의 늪이다

그러나 미혹의 이 대지에
또다시 지열이 오르면
묵상 하리라

자비의 시선
노아에게 언약한 그 약속을
기억하소서!

마중물처럼
당신의 영원한 그 맹세를
기억해 내리라

# 3부

# 가시떨기나무의 노래

# 풀잎의 노래

내 호흡이 남은 시간
바람결에 흩날리는 풀잎처럼
그대 숨결을 따라 흐르기 원해요

또 붉게 타는 저녁노을처럼
내 심장이 뛰는 마지막 순간까지
그대만을 바라보기 원해요

우렁이 빈껍데기처럼
내게 맡긴 모든 것 온전히 내어주고
사랑의 빈 누각 하나 남기기 원해요

옹달샘이 바다를 이루듯
여린 풀잎 그대 품에 닿아
사랑의 숲 되기 원해요

# 나의 나 됨은

미약한 존재
3월의 풀뿌리가
태양 빛의 끝없는 감싸 안음으로
숲이 되듯

가지의 잎이 번성하고
탐스러운 실과를 맺음이 나무로 인함이듯
나의 나 됨은 오직
그의 사랑과 은혜로 인함이라

나는 연약한 풀이었으며
그에게서 뻗어난 가지라
그러므로 나의 빈부와 귀천은
오직 주로 인함이라

# 당신의 것입니다

고성과 함께
어처구니없는 맷돌이
쉴 새 없이 돌아가고

천만 가지의 상념들이
충돌하는
고독한 날의 심연

굳이 알몸이 되지 않아도
뼛속까지 유린하는
그대 앞에

물방아처럼
퍼 올리는 슬픈 단어
"당신의 것입니다"

# 일탈의 시간

소나기 그친 후
계곡에서 쏟아지는 물줄기
시신경 끝에
긴 여운으로 머물고

자아를 잃은 나는
대양을 떠도는 한 척 종이배처럼
그저 은총 아래
굴복한다

불현듯 마주친
숨 가쁜 일탈의 시간

창밖, 유월의 잎새는
포만감에 젖 물린 아기 입술처럼
더 할 수 없는 평온으로
가득하다

# 그 여자가 사는 법

마지막 호흡이 다 하는 순간까지
사랑하다 죽으리라,
열병처럼 사랑이라는 화두를 품에 안고 살았으나
진정한 사랑이 무엇인지

또 지극히 가난한 자 되어
가장 가벼운 모습으로 세상과 이별하고 싶으나
돌덩이처럼 가득한 건 또 무엇인지
지혜의 빈털터리

그녀는 길들여지고 싶다
주인의 휘파람 소리에
무의식적으로 돌아서는 적토마처럼
자아로부터 자유롭도록

그것은 지혜의 하수인 그녀가
그나마 세상을 웃으면서 살아 낼 수 있는
가장 좋은 선택이리라
'나를 버리는 습관 들이기'

# 가시떨기나무의 노래

나는 광야에
마른 풀처럼 애달픈
가시떨기나무라네

잎이 무성하다고
스스로 재목이 될 수 없으며
누군가를 기쁘게 할
관상수도 될 수 없다네

그러나 이 밤
혹 하늘로부터 불덩이가 내려
나를 사르면

지친 나그네의
하룻밤 온기라도 되지 않겠는가!
쇠잔한 가시떨기나무
그 부끄러움은 잊지 않겠는가!

나 당신과 함께 죽으면
온몸의 가시도 그러하리라
정녕, 하늘이 허락하지 않는 것들이
세상에 존재할 수 없음 같이…

# 슬픔의 끝

명예를 좇아
질주하는 사람들의 마음이
브레이크가 파열된
자동차 같다

눈을 뜨고 볼 수 없는
이 슬픔의 바다에
욕망의 닻을 띄우는 사람들
거짓된 목소리들

그것들의 종말이
오지 않는 한
눈물의 바다, 그 수면은
낮아지지 않을 것 같다

악을 다스리지 못하고
선(善)에 무기력한 사람으로 가득한 세상
슬픔의 끝은
어디쯤 오고 있을까?

# 은밀한 유혹

나의 뇌세포엔 땡그랑 땡그랑
풍경 하나가 매달려 있다

내 작은 숨소리마저도
그대에게 들키고 싶은 확성기인 듯

당신의 마음에도
풍경 하나 매달아 놓고 싶다

당신의 혈관을 타고 흐르는
생명줄 놓치고 싶지 않아서

## 화해와 용서에 대하여

허물없는 사람이 있으랴
그러나 지나치게 자신의 잘못에 대하여 관대한 것은
배설한 후 물을 내리지 않은 변기처럼
늘 그것을 마주 보게 될 것이다

아이야, 스스로 잘못에 대하여
지나치게 관용을 베풀지 말라
용서를 구하고 화해를 청하는 일에 게으른 사람은
필경 교만한 자이리라

이는 결국 화를 자초하여
원수에게 뒷문을 열어주는 것과 같으며
허허벌판에서 사냥꾼의 당긴 시위를
조롱하는 것과 같은 일일 게다

아이야, 또 네 잘못과 허물에 대하여
화해를 청하고 화평하기에 신속하라
그것은 생의 안전을 도모하는 최선의 노력이며
지혜로운 사람의 아름다운 덕목일 게다

겸손하여, 용서 구하기를 주저하지 말며
화해를 청하는 자에게 부디 거절하지 말라
이는 타는 화로를 머리에 쏟는
어리석음을 피하게 하리라

# 활주로

끝없는 지평선에
몸을 숨기고
번뇌의 거친 바람, 쉼 없이 불던
그랜드 캐니언의 골짜기

상처 입은 그녀의 뇌간을
옮겨 놓은 듯
아픔의 흔적들이 빗살무늬처럼
날카롭게 새겨져 있다

고독한 상흔 위로
그림처럼 떠 있던 독수리 한 마리
뇌 속에서 떠나지 못함은
포기할 수 없는 사랑

인고의 슬픔으로 배회하는
그녀만을 위한 비상의 활주로를
신은 그곳에
예비하신 게다

# 가을 산책

바스락거리며
밀려드는 낙엽들이
뾰족한 내 신발 굽에 상할까
뒤뚱거리며 걷다 보면
마음은 어느새 천국이다

너만큼 아름다운
노후를 꿈꾸며
또 너만큼 사랑스런
가을을 동경하는 나를
욕심쟁이라 할까?

가을 나무
부지런히 잎새를 떨쳐
겨울 채비를 서두르는 걸 보면
계시를 알아버린 듯
성자가 된 기분이다

# 주 얼굴을 뵈올 때는

어쩌다 명인 한 사람이
먼저 눈인사만 하여도
안부만 물어줘도 이렇게 좋은걸

그 얼굴을 뵈올 날에는
얼마나 좋을까?
나의 모든 것 되시는

당신을 마주 볼 그날에는

# 빈곤한 자의 기도

끝없이 흐르는 이 눈물이
마중물 되어
온 누리가 풍요로울 수 있다면
나 목 놓아 울어보리라

삭막한 대지에
소망이 무성해지기를
당신의 기쁨 아래 두시기를
간구하리라

푯대를 잃은
쓸쓸한 날들의 항해
나 그대를 만나면
빚쟁이처럼 채근하리라

한없는 긍휼로
이 척박한 대지를 돌아보시길
끝없는 인자로
빈곤한 나를 덮으시기를…

# 질서

플라타너스 가로수
생존을 위한 몇 개의 가지만 남기고
앙상하게 잘린 모습에서
심연 가득, 안쓰러움을 느낀다

허나, 한정된 공간에서
그의 아름드리 성장의 능력은
절제에 대한 중요성을
성찰하는 기회이기도 하다

끝없이 펼쳐지는 이상과
스스로의 자유의지에도
타인을 위한 배려가 있어야 함을
전하는 메시지가 같다

매년 11월이 오면
앙상하게 잘린 그의 모습에서
공공의 질서를 강조하는
아픈 교훈의 소리가, 들리는 듯하다

# 가을 그리움

이럴 땐 누군가
따사로운 오후 햇살처럼
내 혼 깊은 곳까지
어루만지는

한 줄 문자라도
내 안부를 물어 줬으면 좋겠다

난로 위의
주전자처럼 뿜어대는
고독한 가을 냄새를
잘라 줄

목소리 하나
스쳤으면 좋겠다

# 창문을 닫으면

우윳빛 창문을 닫으면
숲에서 전해오는 아카시아 향기를
맡을 수 없지

함박웃음으로 아침 안부를 묻는
장미꽃 아름다운 그 인사도
받을 수 없지

싱그러운 바람의 연주에
잎사귀들이 부르는 찬송도

창공을 유영하는
벌 나비의 자유함도 볼 수가 없지

나팔꽃처럼 연약한 우리는
서로를 기대어 살아가야 할 텐데
힘이 되어 줄 수 있을 텐데…

# 겨울 소묘

넉넉한 햇살 아래 눈꽃 스미듯
아니 영원히 전설처럼 이야기로 남는
그런 사랑을 하고 싶다

어느 여름비 내리는 덧날
고장 난 녹음기처럼 같은 가사를 읊조리던
그녀의 애절한 연가처럼

감히 당신을 흉내 내고 싶다
마지막 내 자존심
넉넉한 햇살 아래 겨울꽃 같은

소풍을 마치고 싶다

# 그 사랑

봄바람이 빈 가지에
잎사귀를 돋게 하듯
값없이 주는 사랑
가난한 가지를 풍성케 하였네

사랑하고 미워하며
아팠던 날들도
어지러운 마음 밭을 골라
옥토가 되게 하시리

그는 온유함으로
봄바람이 마른 가지를 축복하듯
여름 숲이 열매를 품에 안고 기르듯
나를 가꾸시리니

끝없는 그의 사랑
가을 실과나무처럼
우릴 부요케 하시리
풍성케 하시리

# 하루의 대화 상자

잘못에 대하여
스스로 폐쇄적이지 않고
정직성을 이탈하지 않으려는 그곳으로부터
너의 진정한 자유는 시작되었으리라


- 흠이 없는 너라서
내가 사랑한 것은 아니다


풀잎 같은 너를
삭풍 속에 홀로 버려두지 않으리라
비난하지 않으며
언제나 너와 함께 있으리라


- 흠이 없는 너라서
내가 너를 사랑한 것이 아니다


한바탕 소용돌이에
의식을 잃고 흐르던 강이 반짝인다
살아 있었음이다
숨을 쉬고 있었음이다


- 흠이 없는 나라서
내가 사랑받는 것은 절대 아니다

# 봄의 산실

부서질 듯
사랑한 날들의 그 가벼움은
뇌세포 속에
만장처럼 흩날리고

산고의 신음 같은
오열의 강
뼈마디를 뚫고
하수처럼 흐른다

찢긴 내 가슴보다
포기해 버린
한 영혼이 남긴 자국
못내 민망하여

그대만은
놓치지 않으리라
미움보다
더 강인한 사랑

기도하는
그녀의 이월은
핏빛 산실이다

4부

---

절대 사랑

# 나의 페르소나

착하게 살고 싶다
좋은 사람이고 싶다
이러한 나의 소망 속에는
얼마나 많은 연약함이 들어 있는지

착하게 살고 싶다, 라는 만큼
마음속에 갈등이 존재해 있고
좋은 사람이고 싶다라는 만큼
이기적인 생각과 전쟁하고 있는 게다

세상의 평화를 간구하는 내 기도는
누군가의 불행이나 불편함도
나의 심혼의 평화를 깨뜨리는
두려움 때문은 아닐까?

그러나 이 가면을 벗어 버릴 수 없음은
진정 사람으로 살기 원함이다
나를 쳐 복종시켜
평화의 도구 되기를 원함이다

# 유혹

흐린 날의 밤꽃 향기는
참을 수 없는 유혹이다

세포들을 마취해가듯
달빛보다 그윽한 눈빛으로
부르는 세레나데

숨겨둔 그리움의 봇물을 터뜨린 듯
마른 대지를 삼켜 간다

인생의 정오처럼
미련과 쓸쓸함이 공존하는 중년
흐린 날의 밤 꽃향기는

첫사랑의 눈동자처럼
심혼을 흡입해 간다

# 불공평한 진리

도무지 이해할 수가 없습니다
왜 못생기고 구부러진 저 나무가
당신을 기쁘게 하는지
더 사랑받고 사는지


재목도 가치도 지니지 못한
풀잎 같은 그녀를 왜 그렇게도 사랑하시는지
공평하지 않은 사랑
왜 나는 불평할 수가 없는지…

# 겨울에 핀 장미

사랑을 위하여
기꺼이 죽을 수 있기를
또 그러한 사랑이
항상 곁에 머물기를 바라는
그녀를 위하여

꽃은 숨죽여
개화의 시간을 늦추고
금광 쟁의의 손길은
쉬지 않고 채를 흔들어
진실과 거짓을 구별하였던 게다

앙상한 겨울 대지 위에
붉은 핀 장미꽃 한 송이
당신을 발견하기까지
그녀는 그토록 긴 시간을
아파야 했던 게다

완전한 사랑
그대를 만나기 위하여

# 절대 사랑

그의 숨결은 멀어져
기억조차 희미한데
나는 늘 그에게 붙들려
물 위에 기름처럼 떠 있다

그러나
다시 그 순간이 온다 해도
나는 또다시 이별을 선택할 것이다
절대적 가치
온전한 사랑을 택할 것이다

세월, 그리고 세속의 풍조
때때로 그대에게 붙들려
이렇듯 외로워할지라도
아니 어쩌면 평생을 그의 언저리를
맴돌지라도

절대 사랑, 그에게 의존할 것이다

# 평화의 도시

유리알처럼 반짝이는
위태로운 새벽 빙판길을
나선 이들이 향하는 곳은
어딜까?

오늘 하루도
누군가의 꼭 만나야 할 사람
힘이 되어 주는 하루이길
축복한다

살갗을 파고드는
이월의 아침
찬 공기를 마주 보며
나선 발걸음들이

낮은 곳을 일으켜 세우는
소망의 전령사이길
예루살렘으로 향하는
통로가 되길 축복한다

# 눈 내리는 풍경

표현할 수 없는 희열이 느껴지는
눈 내리는 날의 풍경
하늘로부터 죄 사함의 은총이
쏟아져 내리는 것만 같다

신의 성품이
하얗게 점령해 가는 지금 나는
막 에덴으로부터 쫓겨난
가장 가난한 죄인처럼 행복하다

잠시 세포들이 의식을 잃고
진통제의 효과에 취하였을지라도
함박눈 내리는 날은
만물이 다 구원의 은총을 입은 듯

환희에 들뜬 노래가 들리는 것만 같다

아, 나는 이 순간
가장 가난한 죄인인 것만 같다

# 비단향 꽃무 물들이기

깊은 고뇌 속에서
혹독한 시련을 견디고 나면
거짓말처럼 마음이 맑아진다는
비단향 꽃무의 꽃말에 나, 물들고 싶다

흉몽을 꾼 아침처럼
멍멍한 뇌세포 속에서
강물처럼 잔잔히 흐르는
전신의 통증

고독한 섬들이 떠다니듯
무심한 군중 속에서
홀로 외로움을
견딜 수 없는 날엔

차라리 강물 속에 온몸을 숨기고
고뇌의 섬 하나 짓고 싶다
영영 한 사랑, 그를 온전히 소유하기까지
비단향 꽃무의 고독한 성에

홀로 머물고 싶다

# 커튼을 내리고

그토록 그리워하던
싸리나무 가지에 눈이 쌓인 풍경을
잠시는
보지 않겠습니다

이성으로 심상을 주관하고
내 안에서 들리는 소리마저도
잠시 동안은
듣지 않겠습니다

100미터 달리기 선수처럼
오직 혼신을 다하여 주신 은총을
한껏
누리겠습니다

묵상이 필요한 이 시간엔
창문의 커튼을 내리고
잠시 세상과 나를
잊어 보겠습니다

# 미로게임

이제 그만
끝을 만나고 싶다
이 혼돈의

다람쥐 쳇바퀴를 돌리듯
함정에 빠져든 사고
멈출 수가 없다

누가 만져 줄까?
지친 내 심혼을
화답해 줄까, 절망의 신음소리

애절한 기다림
이 미로 게임의 종결자

# 연륜의 묘수

내가 어릴 적에 외할머니는
늘 알아듣지 못할 말씀을 하셨다
나이 먹으니, 쓸데없이 꽤만 늘어 간다고

헐고 달아
여기저기 투정 부리는 육체를 건수 하며 산다는 것이
결코 녹녹하지만은 않지만

나이를 더해가며 스스로 알게 되는 한 가지는
자신을 치료하는 의사가 반쯤은
바로 자신이라는 것을 아는 것이다

어느 게시판에 누군가 걸어 놓은
눈시울 붉어지는 사랑의 고백을 빌어다가
내 외로움 다독이는 묘약으로도 쓸 줄 알고

노란 민들레 하얀 홀씨 되어 흩어지고
그 꽃대만 백골처럼 홀로 반짝이고 있을 때
다가가 그 아픔 보듬어 주고 싶어진다

세월은 저 홀로만 건넌 것이 아닌 게다
늘 반란을 꿈꾸면 역주행하려던 나도 그렇게
꼬옥, 안고서 흘러온 게다

봄에서 가을로 가는 길목…

# 노숙자

버스정류장 긴 의자에
행선지를 정하지 못한
말쑥이 차려입은 중년 신사가
아침잠에 빠져있다

밤새 몇 번이고
입을 뗄까 망설이다
또 놓친 게다

이 시대의 어두운 그림자
멀쩡한 한 사람을 아침 노숙자로
만들어 버린 겐가

쓸쓸한 풍경
가을이 멀지 않았음을 예감한 그녀는
한 편의 시로
그를 불러 세웠다

# 지식의 함정

꿀을 따겠다는 목적에 집중하여
자신이 날 수 없는 존재로 지음 받았다는
사실조차 모르고 산다는 호박벌

그리하여 몸뚱이에 비해
형편없이 작은 날개로도 쉬지 않고
꿀 사냥을 한다는 그들의 부지런함

그러나 너무 많은 것을
알아버린 인간은 스스로의 경험과
지식에 의존하여 한계를 짓고

숨은 능력을 소멸하거나
성장을 멈추게 하는 것은 아닐까?
곧 지식이 주는 게으름의 함정

# 천일홍이 숨졌다

베란다에 기르던 천일홍이
오늘 아침 창백한 얼굴로 숨져 있다

분홍빛 그 진한 향기
마그마인 듯 속살로 태우다가

휘청거리는 주인집 여자처럼
홀로 지쳐 누웠는지

천일홍의 러브레터
수취인 되어 애끓은 내 가슴이여

# 흐린 날의 퍼포먼스

잿빛 하늘은
금방이라도 소나기를 한줄기를
퍼부을 것만 같은 아침
창밖으로 지나는 강남역 풍경이 인상적이다

예순은 지난 듯한 여인네는
흐린 날에도 양산을 펴들고
분홍색 커다란 마스크를 쓴채
넘어질 듯 걸음을 재촉하고

커다란 선글라스를 낀 청년은
무릎까지 내려오는 민소매 조끼를 입고
두꺼운 목도리를 칭칭 감고
버스를 기다리고 있다

언제나 연인처럼 잘 잤느냐고
서로의 안부를 묻던 길가의 풀들과 꽃들
그리고 느티나무 잎새와의
조용한 밀회를 빼앗아 간 강남역 거리

저마다 자기만의 색깔들로
끝없는 퍼포먼스를 펼치고 있다

# 홍매화 곁에서

그래도 가끔씩은
홍매화, 널 닮은
가슴이 되고 싶다

붉은 정염 가득히 토해낸
그런 사랑을 하고 싶다

아직도 하얀 그리움에 취해
넋 놓고 살면서도
내 마음속엔 어느샌가

홍매화 빛 염원하나
자라고 있다

# 음악이 있는 풍경

잔잔히 번지는
호수의 물결처럼
쉬지 않고 목구멍까지 차오르는
이 울렁증이 좋다

빈 가지에 잎새를 매달 듯
신은 아름다운 시어에
또 하나의
생명을 매달았을까?

답답한 대지가
봄기운에 깨어나듯
어느 시인의 붓 자국이
오월의 잎새처럼 나부낀다

# 이별을 준비하는 이에게

마지막 여행을 떠나기 위해
차비를 서두르나 봅니다
정겨웠던 인연들마저도
아무것도 아니라는 듯, 인사도 없이

그녀가 변했습니다
그 긴 여행을 위하여
차려입을 옷 한 벌의 선택권마저도 양보하는
너그러움의 극치를 보입니다

그리고 산만한 바람 소리에
혼절해 가는 사람들의 분주함을 틈타
언 땅에 봄비처럼 스미길
재촉합니다

더 이상은 기대하지 않겠습니다
그대의 영원한 평안만을 기원하며
붙들었던 이 인연의 죽지들을
놓아 주려 합니다

*둘째 언니를 보내며

# 나의 오아시스

목마른 내 인생길에서
그대를 만난 것은
잔인한 삶의 산소호흡기 하나
꽂는 일이었습니다

그러나 가끔씩 그대는
흔적조차 느껴지지 않았고
두려움에 나의 울부짖음은
세계(世界)를 안개 바다로 만들었지요

그리고 사막은 또다시 열기를 뿜어
나의 심장을 조준한 듯
끝없이 달려와 애를 태우고
세상은 살타는 냄새로 가득했지요

그래도 언젠가는 그 품에
이 슬픔을 누이고
그대 심장 소리에 잠들리라
소망의 빛 한줄기

영원한 나의 당신이여

# 허먼센의 수면 상자 앞에서


낯선 그녀가 홀연히 내 안으로 왔다
깊은 잠에 빠지고 나면
다시는 흔들어 깨우는 이 없는 은밀한 곳
그녀만의 수면 상자를 다듬는 중이란다

허먼센, 그녀도 그랬을까?
가슴은 오월의 장미꽃처럼 늘 한 사랑을 동경하고
생의 화두는 꽃술처럼 그 중심에서
배꽃처럼 하얀 넋으로 산화되라, 일렀을까?

혼과 육이
단풍잎처럼 갈라지는 날이면
하루하루는 세정제와 같은
갈등의 전쟁을 치른다

세마포를 다듬는 그녀의 정갈한 손길이
내 심연을 거르는 채 같다
그 무엇으로도 오염되지 않은
태초의 빛으로 돌이키라, 시침을 흔든다

5부

시들지 않는 꽃

# 완전한 사랑

폭설이 내릴 때마다
만물이 다 사죄함을 받은 듯
백지처럼 순결하다

지붕을 만들지 않는
가장 빈곤한 자만이 누릴 수 있는
그 끝없는 은총의 바다

구름 낀 날이면
눈이 내리길 기도하는
이유였을 게다

바다 같은 사랑으로
죄와 허물을 덮어달라고
간구하는 게다

# 어미로 산다는 것

그들이 욕망으로
허우적거릴 때
가슴은 슬픔으로 우거진
숲이 되고

가시나무 잎새처럼
초라한 행색,
가쁜 숨소리는 체납 딱지처럼
붉게 흩날린다

세상에서 어미로 산다는 것,
날을 세우고 달려드는 고슴도치를
맨몸으로 끌어안는 일일 게다
그 상처까지도 사랑하는 일인 게다

노모의 호흡에 이는
격랑의 파도
지극한 사랑을 나르는
줄기였던 게다

# 당신의 계절

찬바람 속에 텃밭을 일구고
배추를 절이는 왕언니의 마음,
무더운 유월의 하루를
서늘하게 합니다

고춧가루 맨살에 부칠 때마다
짜릿하게 느껴지는 쾌감,
누군가를 위해 기꺼이 두엄이 되어 주는
세상은 감동입니다

띄엄띄엄 징검다리처럼
찾아드는 행복일지라도
바닷물보다 농도 짙은 눈물 흘릴 수 있는
인생은 참 아름답습니다

충만함의 시작
곧, 그 사랑의 발화지점

# 그가 내게로 왔다

피카소의 그림처럼
난해한 언어 속에 헤매는
척박한 나의 지식체계

때로는 과장되어
풍만한 여인의 몸집처럼 보드랍고
때로는 뼈다귀처럼 볼품없는

그 사랑이라는
벼랑 끝 같은 단어를 위해
그가 내게로 왔다

말로 다 표현할 수 없는
붉은빛
널브러진 혼돈의 사고

그 해석을 위하여…

# 무상의 시간

이성을 비운 한나절이
가을하늘을 맴도는
빨간 고추잠자리 같다

분수처럼
시간을 거꾸로 퍼 올리다가
놓기를 거듭하며

잊으려 자와
잊혀지지 않으려는
시공간의 사투

예순 안에 숨겨둔
소녀의 눈부신 첫사랑
동그라미, 그 그리움 정체

# 에덴이 그리울 때

절망과
분노로 뒤엉킨 밤이
찬란하다

이유를 알 수 없는
고난은 이만 사절이라고
이유 있는 반항, 현란하다

사고가 길을 잃고 헤매는 밤
격랑의 바람 한참을 도리질하다
제풀에 꺾인 듯, 잠이 든다

에덴이 더
그리울 때

# 시들지 않는 꽃

그대는 내 맘속에
한 번 핀 후
영원히 시들지 않는
꽃으로 남았다

뇌간을 자극하는
향기는 없어도
옷자락을 풀어 헤치게 하는
봄빛이다

내 묵상의 주인
내 그리움의 주인
내 심장을 널뛰게 하는
나의 에델바이스

# 겨울 여자

그녀에게는 사계절이 없다
언제나 두꺼운 목도리를 머리에 두르고
또 찬바람이 그 몸속에 스밀세라
목을 칭칭 감는

오늘도 변함없이
검정색에 빨간 세로무늬가 있는
두꺼운 점퍼를 입고 오지 않는 봄을
그리고 여름을 기다리는 그 여자

모두들 삼복더위에 지쳐
헉헉대는 날들에도
시린 바람을 떨쳐내지 못하는
그녀의 사계는 겨울 뿐인가?

여름 거리가 북풍으로 충만하다
봄을 기원해 달라고
이 무더운 여름날을 하루쯤 나눠달라고
무딘 가슴을 두드린다

# 봄이 오는 길목

길을 잃은 자괴감에
노여움의 발정은 시작되고
싸늘한 골짜기엔
변명과 다독임으로 수북하다

무론하고 시위를 떠난 화살들은
모두 과녁을 향해 달려가고 있는걸
소갈머리 자랑에
애꿎은 일기장만 수난인가

심장 끝에 핀 상사화 꽃잎
하얗게 질려가는 이 노여움의 시간
사랑한다는 것
죽을 만큼 고통스러운 일이다

# 지독한 그리움

벅차오르는 가슴은
터질 듯 불어놓은 빨간 풍선 같다
널뛰는 심장 박동에
사색이 되어 가는 의식세계의 절정

망초꽃 널브러진 그 언덕에
나도 서 있고 싶다

바람의 소요와 나그네의 흐뭇한 미소
그들과 어우러져 한세월
하얗게 바래고 싶다

태양 빛의 애무에
농염 같은 노란 속살까지 다 드러내고
환하게 웃는 망초꽃

그런 사랑으로 지고 싶다

# 그리움, 그 생채기

비정상적인 심장 박동 소리
그리고 이렇게 목청까지 숨이 막혀오는
요소는 무엇일까?

쉼 없이 밀려왔다
부서지길 반복하는 형상
나의 일상은 바다를 닮은 듯하다

작은 쇳조각에 묶인 황소처럼
무의식 속에 숨은 내 삶의 조종자
그리움, 그 끝없는 생채기

# 그리움의 실체

12월의 공허한 대지 위에
초연히 핀 풀꽃처럼
바람이 술렁일 때마다
그것을 양약처럼 먹고 자라는 것이 있다

온몸을 투신하여도
그것을 통과한 강물이 여전하게 흐르듯
무기력하게 하는 그것,
지치지 않는 그리움이다

밤새 홀로 그를 만지작거리다
미명에 잠든 나를 문안하듯 찾아드는
아침 햇살 같은 따가운 포옹,
바로 그것이다

# 겨울 숲 풍경

말초신경 끝에 매달린 기침 소리는
째깍째깍, 멈추지 않고 흐르는데
모퉁이에 걸린 벽시계는 한 폭의 그림 같다

약속 없는 기다림이 늘 그러했고
보낸 적 없는 이별의 옹이들이
표피에 남은 흉터처럼 늘 그러했었지

허허로운 날들의 가련한 그리움
뇌간 속에 유화처럼 굳어 간다
사랑과 욕망으로 다투는 겨울 숲 풍경

# 봄꽃이 질 때

화려한 정사 뒤에
돌아누운 임의 등처럼
허무의 극치다

그래서 그 여자는 그렇게도
염통을 닮은 붉은 꽃들을
애써 외면했는지 모른다

그래서 그 여자는 그렇게도
처음 이브를
사모했는지 모른다

하얀 배꽃 아래 서면
눈물겹도록
행복해했는지 모른다

# 가끔씩은

가끔씩은
목구멍까지 차오르는 널
뱉어내지 않으면
숨을 쉴 수가 없어

평화로움 속에
마그마를 품고 있는 대지처럼
나의 잔잔함 속에도
네가 들끓고 있어

단단한 껍데기 속에
몸을 숨긴 거북이처럼
그리움이라는 이름 아래
묻어둔 시간들

나는 가끔씩 이렇게
살아 있는 화산처럼
안개빛 그리움을 토해내고 있어
널 토해내고 있어

# 사랑의 논리

신호를 기다리는 동안
횡단보도 앞에서 나누는
두 청년의 대화다

"콩깍지가 떨어지면 그만이야"
"사랑은 의지예요
 사랑하고자 노력하며
 사랑하는 거지요"

사랑에 대한 가벼운 인식과
무거운 의지와 다짐
그들은 과연 사랑 할 수 있을까?

고장 난 빨간 신호등처럼
내 머릿속 흐름을 오랫동안
정지시키고 있다
사랑의 부정적, 긍정적 논리 앞에서

# 사랑의 그림자

새끼의 부화를 위해
주림을 참으며 기진하도록
지느러미 부채질을 멈추지 않는
가시고기의 사랑을 아는가?

끝내는 자신의 주검까지도
자식들을 위해 기꺼이 내어 주던
물고기 아비의 숭고한 사랑을
그대도 보았는가?

노인의 빈곤층이 늘어가는
그리고 내리사랑으로 가득한 세상에서
자애(自愛)에 빠져드는 본능이 슬프다
만물의 영장이라는 말이 부끄럽다

시절 좇아 변질되어버린
사랑의 실체
고령화 사회의 어둡고
슬픈 그림자

# 로키산맥에서 1

로키산맥이 그렇게 아름다운 건
자기만을 챙기지 않는 미덕 때문이었으리라
필요한 만큼만 팔을 펼치고
생존을 위한 공간만을 차지하는

또 최소한의 햇빛만을 마시며
모진 추위와 비바람에도 서로를 보듬으며
탄생과 죽음을 거듭하여
마침내 그것을 이루었으리라

나의 만족과 욕심을 내려놓고
공존을 선택한 그들의 세상은
불행이라는 감정은 찾을 수 없었다
만년설이 쌓인 웅장함보다

로키산맥의 아름다움은
숨이 막히도록 빽빽한 숲에서
작은 배려들이 돋보이는
그들의 삶이 황홀한 절경이었다

# 로키산맥에서 2

모든 것이 새로운
나는 이방인

로키 산림의 아름다운 공존도
줄기의 장엄함도
긴 감탄사와 함께
기억 속에 묻히고

눈과 빗줄기가 순간에 교차하는
변화무쌍한 풍경도
유리창 밖으로 쏟아지는 빗줄기처럼
남음 없다

생과 사(死)의 사이를
잠시 지나는 나는 여행자
그리고 가장 가벼운 귀환을 기다리시는
내 아버지의 소망

그것을 위해
버리고 비우는 숙명의 과제, 버겁다

# 봄의 영토

개나리꽃 만발한 언덕에
바람이 불면

이유도 없이 배실 배실
미소가 흐르고

목련꽃 쓰러질 듯
함박웃음에 자지러진다

싸리꽃향기인양
나도 모르게 도도해진다

# 반란의 꿈

타협 없는
생의 시간표를 홀로 쥐고
앞만 보고 달리는
나는 그를 독재자라 부른다

연습도 없이
무대에 올려진
미숙한 주연들의
사랑스런 욕망

그들은 필경
밤하늘의 별빛보다
더 찬란하게
빛나고 싶었을 게다

누추하게 널브러진 삶
어제로 돌아갈 수만 있다면
수정빛 맑은
꽃망울을 터뜨렸을 게다

그것이 내가
영원한 독재자를 향해
끝없이 반란을 꿈꾸는
이유일 게다

# 갈등의 숲

시간을 정하지 않은 약속은
늘 조바심으로 흔들리게 합니다
사래의 성급한 오판을
이해하게 합니다

평화는 바람 앞에 잎새처럼
순간에 머물다 흩어지길 반복하고
심연의 바다엔
파도가 그치지 않습니다

도마를 견고히 세우신 주님
믿음이 연약한 종을 또한 그리하소서!
어리석은 분별로 앞서가지 않도록
그 마음 먼저 다가와, 이끄소서!

미래를 알 수 없는 불안으로
지어가는 삶의 많은 오류에서 건지시고
폭풍이 그치지 않는
갈등의 숲, 잠재우소서!

# 성도의 노래

1
흐르는 시간의 그림자
마른 콩깍지를 두들기듯
털어 정돈하려니
티끌들로 산만하다

욕망보다 가치와 진리를
선택한 자의 삶은 전쟁터
신음 소리는
늘 그의 노래이다

2
사공 없이
이 섬을 어찌 떠날 고
길을 막아서듯
사면을 에워싼 바다

나는 자유로운
한 점 바람이고 싶다
호랑나비 날개에 그려진
물방울무늬이고 싶다

# 기독교 문학의 비밀과
# 인간을 향한 사랑미학

손희락(시인·문학평론가)

# 기독교 문학의 비밀과
# 인간을 향한 사랑미학

손희락(시인 · 문학평론가)

## 1. 자아 시학의 원천 −신비한 체험

이정인의 언어는 기독교 정신으로 육화되어 있다. 언제부터 하나님을 믿었는지 신앙이력은 확인할 수 없다. '시인의 말'에서 어느 날 "〈이사야〉 54장의 말씀을 받았다."라고 고백한다. 말씀을 받은 신비한 사건은 신과 인간의 화해 지점이다. 하나님께서 '특별한 은총'을 주셨다는 진술은 그의 시를 이해하는 단초가 된다.

〈이사야〉 54장은 대은(大恩)의 장이다. 하나님과 이스라엘 백성 사이 신실한 언약이 기록되어 있다. 이정인의 시는 꾸밈이 없다. 신앙적 직관이나 신비한 체험을 모티프로 하여 형상화한다. 자신의 삶을 통제하는 전지 전능자를 영접한 믿음 때문이다.

현대 시에서 성경 말씀을 중심으로 한 시 짓기는 흔치 않다. 소수의 기독 시인들만이 '말씀'을 시로 형상화한다. 화자는 그들 중 한 명에 속한다.

그때 나는 내가
무엇을 구하고 있는지
알지 못했다

그저 까칠한 내 성격이 고통스러워서
옳지 않으면 그르다는
흑백논리에 스스로 버거웠을 뿐

밤송이 같은 내 가시를 털어
세탁기 속 빨래 볼처럼
둥근 내가 되게 해 달라고

의로운 기도를
드렸을 뿐이다

무한한 당신의 사랑보다
네 의로움과 겸손이 앞서는
고난을 부르는 이 기도

그때 내 안에는
어리석은 베드로가
살고 있었다

-「고난을 부르는 기도」 전문

신비한 체험 전 심적 상태를 적나라하게 진술한 시다. 1연은

"무엇을 구하고 있는지 알지 못했다" 2연은 "흑백논리로 살았다" 3연은 "밤송이 덮은 가시처럼 뾰족했다"고 표현한다. 간절히 기도하면서도 무엇을 구하고 있는지 그 실체를 알지 못했다는 진술은 예배당 마당은 밟았지만 신과의 교감이 단절된 상태였음을 암시한다.

하나님께 기도할수록 '고난'이 찾아왔다는 인식은 유사한 상황에 놓인 독자와 심적 공감대를 형성한다. 우리 모두가 그렇게 기도하고 있기 때문이다. 그때의 심적 상황을 "밤송이 가시"가 나를 덮고 있었기에 세탁기에 집어넣고 돌려버리고 싶었다고 표현한다.

이 시의 결론은 성경 속의 인물 등장으로 마무리 된다. "어리석은 베드로"처럼 살았다는 고백이다. 시인이 베드로를 소환한 것은 중의적 의미가 있다. 인생길 걷는 동안 소중한 시간만 허비했을 뿐이라는 자아반성이다. 가천대학교 사회대학원에 진학하여 공부도 했지만, 신과의 소통은 학문으로 극복되는 문제가 아니었다. 기도하는 마음속, 가시는 은밀한 곳에서 자라나고 있었기 때문이다.

어느 날, 자기 안에 존재했던 불신과 갈등은 하나님과의 화해를 통해서 해결한다. 이 지점까지가 고단한 삶의 연속이었을 것이다. 그 후, 자아내면을 응시한다. 고난에 고난이 거듭되었던 원인이 '자기'에게 있었음을 깨우친다.

신앙적 체험을 공유하는 이정인 시인은 연금술사이다. 시의 독자에게 말 이상의 말을 하면서 깨우침을 던져준다. 이 시를 쓴 목적은 본원적인 물음에 있다. 열정적 기도 행위보다 자기 성찰이 더 중요하다는 메시지이다.

도무지 이해할 수가 없습니다
왜 못생기고 구부러진 저 나무가
당신을 기쁘게 하는지
더 사랑받고 사는지

재목도 가치도 지니지 못한
풀잎 같은 그녀를 왜 그렇게도 사랑하시는지
공평하지 않은 사랑
왜 나는 불평할 수가 없는지...

-「불공평한 진리」 전문

이 시는 신비한 체험을 한 후에 쓴 작품이다. 시인은 첫 줄에서 나는 당신을 "도무지 이해할 수가 없습니다"라고 고백한다. 쭉 뻗어 아름다운 나무가 사랑받는 것은 당연하지만, "못생기고 구부러진 나무가 더 사랑받는 것"은 이해되지 않는다는 노골적인 불만이다.

시의 제목을 「불공평한 진리」라고 붙인다. "이해할 수 없다"는 표현은 신의 섭리를 인지하지 못해서 붙인 제목이라기보단, 시를 읽는 독자를 배려한 전략으로 이해된다.

외형적으론 불평하고 있지만, 환희와 감격에 젖어 있다. 평생 짊어졌던 무거운 짐을 내려놓고, 그분의 사랑을 받고 있기 때문이다. 잘난 사람, 위대한 존재만 그의 곁으로 다가설 수 있다면, 그 자신부터 탈락일 것이다. 고로 하나님을 기쁘게 하는 삶을 살겠다는 신앙의지가 포착된다. "왜 나는 불평할 수가 없는지…"하는 상상을 허용한 시적 결론은 진리적 메시지가 함

축되었다.

시인은 제멋대로 살았던 과거와 신의 통제를 받는 현재를 넘나들면서 자아를 성찰한다. 기독교 문학의 비밀은 한 사람의 변화가 다수에게 파급되는 신비적 기이함에 있다. 이정인의 시를 읽다 보면 그가 지향하는 것이 무엇인지를 단박에 알게 된다.

기독교 정신이 육화된 언어는 일반 시와는 본질적으로 다르다. 시적 짜임이 탄탄하지 않은 것 같지만, 시어 취택과 언어표현을 통하여 절대자와 대면하도록 매개한다. 체험적 신앙 시는 영혼을 관통하는 언어이다. 신의 실재를 체험한 구도자의 깨우침이기 때문이다.

## 2. 삶의 방향 재설정과 존재론적 층위

"내 속엔 베드로가 살고 있었다."고백한 이정인의 시는 진솔하다. 과거 시간과 현실 속을 넘나들면서 시의 독자를 흡입한다. 기독교 문학의 비밀은 개체의 내적 변화에 있다. 내적 변화가 일어나게 되면, 자아실체를 인식한다. 자아존재를 인식하게 되면, 삶의 방향이 재설정되어 새로운 메시지로 독자에게 다가선다. 가슴 뭉클한 시를 읽으면서 눈물을 쏟는 이유이기도 하다.

착하게 살고 싶다
좋은 사람이고 싶다
이러한 나의 소망 속에는
얼마나 많은 연약함이 들어있는지

착하게 살고 싶다라는 만큼
마음속에 갈등이 존재해 있고
좋은 사람이고 싶다라는 만큼
이기적인 생각과 전쟁하고 있는 게다

세상의 평화를 간구하는 내 기도는
누군가의 불행이나 불편함도
나의 심혼의 평화를 깨뜨리는
두려움 때문은 아닐까

그러나 이 가면을 벗어버릴 수 없음은
진정 사람으로 살기 원함이다
나를 쳐 복종시켜
평화의 도구되기를 원함이다

-「나의 페르소나」전문

신앙적 어조로 전개되는 이 시에서 느낄 수 있는 것은 내적
변화이다. 시인은 1연에서 "착하게 살고 싶다/좋은 사람이고
싶다" 소망한다. 과거 삶이 선하지 못해서 토로하는 내적 고백
은 아니다. 은혜를 체험하기 전보다 더 성경 말씀과 그분의 뜻
을 추종하고 싶다는 적극적 욕구의 표현이다.

이 시의 제목은 「나의 페르소나」이다. 이 용어는 '가면'이란
뜻이다. 정신분석학자 칼 구스타프 융(Carl Gustav Jung)은 자
신의 본성 위에 덧씌운 사회적 인격을 '페르소나'라고 정의했
다. 인간은 누구나 가면을 쓰고 살아간다. 고로 개체가 만든

가면의 형태는 다양할 수밖에 없다.

화자는 4연에서 "나를 쳐 복종시켜/평화의 도구 되기를 원함이다"라고 마무리한다. "나를 친다"는 자의식은 보편적이지 않다. 자신을 치는 방법과 그 목적이 분명해야 한다. 화자는 다른 사람들처럼 가면을 쓰긴 하지만, 신의 눈동자 앞에서 벗는 은총의 시간을 갖는다. 자신을 친다는 의미와 가면을 벗는 행위는 일맥상통한다.

이 시는 지혜로운 삶을 위한 방편을 제공한다. 현실적 사회 적응, 인간관계 등에서 어쩔 수 없이 착용한 가면이지만, 불꽃 같은 신의 눈동자 앞에선 적나라한 모습으로 서는 자기반성이 중요하다는 의미이다.

"착하게 살고 싶다"는 시인의 염원은 참모습 점검으로 응축된다. 단 한 번의 생을 후회 없이 살다 가겠다는 신앙적 결의이며 독백이다. 고로 이 개인적 결의는 화두가 되어 독자에게 전이된다. 수단 방법 가리지 않고, 물질적 이익을 취하려는 인간의 영혼을 정화시킨다.


고성과 함께
어처구니없는 맷돌이
쉴 새 없이 지나가고

천만가지의 상념들이
충돌하는
고독한 날의 심연

굳이 알몸이 되지 않아도

뼛속까지 유린하는
그대 앞에

물방아처럼
퍼 올리는 슬픈 단어
"당신의 것입니다"

-「당신의 것입니다」 전문

　4연 12행으로 짜인 이 시에서 감지되는 느낌은 고독과 갈등이다. "천만가지의 상념들이/충돌한다"는 표현에서 기억 속을 흐르는 화자의 시간은 무겁다. 생의 파편 같은 과거와 현재가 교차하며 심적 통증을 유발한다.

　이 시에서 시인의 모습은 극히 여성적이다. 과거 베드로적 인격은 찾아 볼 수 없다. "굳이 알몸이 되지 않아도/뼛속까지 유린한다"는 표현은 하나님의 실체를 인정한다는 고백이다.

　자아내면을 인식하는 존재를 만날 때, 아가페 사랑은 시작된다. 인간은 상대의 퍼소나(Persona)를 인식할 수 없다. 적절히 위장되기 때문이다. 이정인도 강한 척, 과감한 척, 냉철한 척, 외롭지 않은 척, 가시 덮은 퍼소나로 위장했지만, 실상은 내출혈 상태였다. 겉은 멀쩡한데, 내적 출혈상태에 있었다면 견디기 힘들었을 것이다.

　화자는 일반 여성들보다 더 여린 감성의 소유자인지도 모른다. 나는 "당신의 것입니다"라는 시적 고백에 주목해보자. 시인은 이 고백을 "슬픈 단어"라고 역설적으로 표현한다. 하지만 심적 상태는 행복 충만이다. 사랑의 대상이 바뀌었기 때문이다.

나는 "당신의 것입니다" 하는 내적 독백의 발화는 인간성 본
질 회복이며 원형으로의 환원이다. 하나님과 인간의 관계는 사
랑하고 사랑받는 연인 관계이다. 단절되었던 인간과 신의 결합
은 파괴된 에덴의 회복 그 지점일 수 있다. 절대자의 소유물임
을 인정한 이정인의 삶은 참 자유를 노래한다. 고통과 절망에
서 탈피한 상태이다.


## 3. 순수사랑과 일관성

〈마가복음〉 12장 29~31절은 두 유형의 사랑에 대하여 기록
되어 있다. ① 마음을 다하고 뜻을 다하고, 목숨을 다하고 힘
을 다하여 주 너희 하나님을 사랑하라. ② 네 이웃을 네 몸과
같이 사랑하라. 이것보다 더 큰 계명은 없느니라. 하신 말씀이
다. 하나님 공경과 인간 사랑을 으뜸으로 꼽는 기독교는 '사랑
의 종교'이다. 기독교 문학의 신비를 표출한 화자의 시에서 인
간의 삶과 사랑 본질에 대한 탐구가 깊어질 수밖에 없다.

폭설이 내릴 때마다
만물이 다 사죄함을 받은 듯
백지처럼 순결하다

지붕을 만들지 않는
가장 빈곤한 자만이 누릴 수 있는
그 끝없는 은총의 바다

구름 낀 날이면
눈이 내리길 기도하는
이유였을 게다

바다 같은 사랑으로
죄와 허물을 덮어 달라고
간구하는 게다

-「완전한 사랑」 전문

　이 시는 "완전한 사랑"에 대한 자의식을 표출한다. 1연에서
는 백지처럼 순결해야 하고, 2연에서는 지붕을 만들지 않아야
한다고 깨우친다. "지붕을 만들지 않는/가장 빈곤한 자"가 하
나님의 사랑을 받는다는 진술은 해독이 요구되는 부분이다. 폭
설이 내리는 시적 상황과 연결시켜 해석하면 지붕이 있으면 은
총의 눈에 젖을 수 없다는 의미이다.

　독일에서 태어나 스위스에서 생을 마친 에리히 프롬(Erich
Fromm)은 『사랑의 기술』에서 인간은 근본적으로 고독한 존재
라고 단정한다. 고독하기 때문에 사랑의 대상을 찾지만, 욕구
충족, 불가능한 것이 인간의 사랑이라고 외친다. 프롬의 주장
을 분석해보면 그 대상이 불완전한 존재이기 때문일 것이다.

　인간과 인간의 사랑은 완전할 수 없다. 외적 미를 중시하거
나 본질에 대한 계산법 오류로 순수성을 상실한다. 순수성 상
실은 변절의 원인이며 변절은 이별이란 슬픈 결과를 낳는다.

　이정인은 완전한 사랑, 불변의 사랑을 갈망했다. 자신의 생명
까지 내어놓고 몸부림쳤지만, 망각하고픈 추억만 남았다. 인간

이 완전한 사랑을 유지하여 쾌락을 즐긴다면 신의 존재는 불필요할 것이다. 예수의 사랑을 체감한 영적 성숙단계에서 자아를 응시하는 그의 표정은 평안하다. "끝없는 은총의 바다"에서 헤엄치고 있어 다작(多作)의 가능성이 높아 보인다.

얼마나 다행스런 일인지
그토록 아팠던 상흔들이 희미해지고
잊혀져 간다는 것이

연필 끝에 달린 지우개처럼
기억을 상실해가도록 지음 받은 것은
바다 같은 은총이다

악몽을 꾸고 며칠이 지난 것처럼
상처들을 딛고 살아날 수 있었던 건
시간이라는 지우개가 있었던 게다

산고의 고통을 잊지 않고
뉘라서 다시 사랑을 꿈꾸겠는가
그 아픔을 잊지 않고

어찌 내가 살아 낼 수 있었을까

-「시간의 지우개」 전문

이 시는 망각하고픈 시간을 회상하며 독자에게 말은 건다.

자신이 체감했던 아픔을 '산고의 고통'이라 표현한다. 인간의 의지, 인간의 육체적 힘으로 견딜 수 없었다는 뜻이다. "뉘라서 다시 사랑을 꿈꾸겠는가" 하는 진술은 고통 상태에서 절망했지만, 신앙으로 회복할 수 있었음을 독백한다.

지나간 삶의 고통들은 「시간의 지우개」로 지워도 망각되지 않는다. 싹싹 지워도, 희미한 흔적이 남는 것과 같다. 아픔의 흔적이란 죽음의 순간까지 안고 갈 추억의 흉터이다. "어찌 내가 살아 낼 수 있었을까" 결론적 목소리는 시의 독자를 위로한다. 시의 목소리는 과거 시간을 반추하면서 현재를 노래하기 때문이다.

시는 상처 입은 인간과 하나님을 매개하는 주술적 언어이다. 신의 영역 안에서 모든 것을 용서하고 화해하면서 평안을 누리는 은총이며 축복이다. 온전하지 않지만, 시간 속 추억의 망각은 신이 인간에게 주신 최고의 선물이다. 때론 다 지워진 것 같지만, 생을 반추할 때마다 되살아나는 것이 사랑의 본질임을 기억해야 할 것이다.


마지막 호흡이 다하는 순간까지
사랑하다 죽으리라

-「그 여자가 사는 법」 부분


4연 16행으로 짜인 시를 부분 인용했지만, 시인의 믿음과 의지는 확고해 보인다. 한 사람, 열정적 사랑에 젖는 평범한 여인이 되려 했지만, 그는 시인이 되었고, 마지막 사랑은 하나님께로 향한다. 그 여자가 사랑으로 산다는 고백은 상처 입은 독자에게 탈출구를 여는 기회를 제공한다.

문제는 지속성, 일관성일 것이다. 아직 그 마음속 깊숙한 곳에는 인간을 향한 미련이 남아 있다. 인간과 인간의 사랑, 다시 한번 확인해보고 싶은 욕구가 침잠되어 있다. 은혜로운 내적 정화 과정을 거쳐도 사랑의 욕구는 생의 마지막 순간까지 소멸되지 않는다. 「그 여자가 사는 법」 시를 읽는 독자는 양분될 것이다.

기독교적 경건 그룹은 하나님 중심의 사랑을, 세상 현실적인 그룹은 다시 한번 인간 사랑에 도전하기를 응원할 것 같다. 기독교 문학의 비밀은 새로운 현상에 대한 의식과 응시에 있다. 영혼의 눈을 뜬 시인의 목소리로 전하는 깨우침은 독자와 사유하는 은밀한 공간이다. 이 시에서 포착되는 그 여자의 표정은 미래의 삶을 지향한다. 사랑의 대상을 한 사람에서 다수의 존재로 수정한 때문이다.


## 4. 가시떨기나무의 노래 −인간사랑

나는 광야에
마른풀처럼 애달픈
가시떨기나무라네

잎이 무성하다고
스스로 재목이 될 수 없으며
누군가를 기쁘게 할
관상수도 될 수 없다네

그러나 이 밤
혹 하늘로부터 불덩이가 내려
나를 사르면

지친 나그네의
하룻밤 온기라도 되지 않겠는가!
쇠잔한 가시떨기나무
그 부끄러움은 잊지 않겠는가!

나 당신과 함께 죽으면
온몸의 가시도 그러하리라
정녕, 하늘이 허락하지 않는 것들이
세상에 존재할 수 없음 같이...

-「가시떨기나무의 노래」 전문


이번 시집을 상재하면서 『가시떨기나무의 노래』라고 붙인다.
"나는 광야에 마른 풀 같은 가시떨기나무"라고 고백한 이 시의
원천은 성경이다. 〈출애굽기〉 2장에서 40년 동안 장인 이드로
의 양을 치던 모세가 소명을 부여받는 신비한 정황이 묘사되어
있다. 이때 하나님은 "가시떨기 불꽃" 가운데서 나타나셨다. 여
기에서 의문이 생긴다. 백향목 같은 좋은 나무 가운데 임재하
지 않고, 쓸모없고, 보잘 것 없는 가시떨기나무에 현현하셨는
가 하는 문제이다.

가시떨기나무는 비천하여 쓸모없는 인간을 상징한다. 이정인
시인은 미련하고 보잘것없는 존재를 귀하게 쓰시는 하나님께

선택되어 특별한 소명을 부여받은 것 같다. 3연에서 "이 밤/혹 하늘로부터 불덩이가 내려/나를 사르면"이라고 표현한다. 자신은 천형을 짊어진 불붙은 가시떨기나무라는 진술이다.

'불'은 하나님의 임재를 상징한다. 가시떨기 시인이 부여받은 소명은 무엇일까? 소명감의 실체는 '시인의 말'에 표출되어 있다. "나는 12년 동안 일했던 복지단체를 떠나 어르신들을 모시는 요양원에서 일하고 있다"는 근황 고백이다.

노인 요양원은 생을 마친 인간들이 본향으로 돌아갈 준비를 하는 회색빛 공간이다. 인간 사랑에 절망하고 상처받았지만, 시인은 그곳에서 상생의 미학을 구현한다. 4연에서 진술한 "지친 나그네의/하룻밤 온기가 되어 준다"는 진술과 부합한다. 일반적인 사회복지사가 아닌 영혼구원자, 혹은 삶의 진정한 동반자 같은 희생적 모습이다. 상처 입은 가시떨기나무의 멋진 삶이며 욕망이 아닐 수 없다.

인간에게 있어 죽음은 운명이다. 삶의 여정을 마치고, 본향 회귀를 기다리는 인간의 숨결 속엔, 가시떨기나무 같은 시인의 온기와 사랑이 파고든다. 사랑의 트라우마를 스스로 치유하며 병든 인간을 포용하는 특별한 공간, 그곳이 화자가 근무하는 요양원이다.

내 인생에 가을이 오면
빨갛게 잘 익은 사과처럼 탐스럽고
달콤새콤한
향기가 났으면 좋겠어

또 높은 감나무 끝에 달린

까치밥처럼
누군가를 위해 조금은
남길 거리가 있었으면 더 좋겠어

-「내 인생의 가을이 오면」부분

　인간 수명 100세 시대라고 말하지만, 언제 어느 때 무슨 일이 생길지 모른다는 진리적 측면에서 생각하면, 시인은 '인생의 가을' 한 귀퉁이에 까치밥처럼 매달려 있다. 늙어감의 의미를 성찰하면서 또 다른 에로티시즘에 젖는다. 아름다운 사랑을 갈망하던 존재가 그 사랑을 나눔에 있어 더 적극적임을 이 시에서 느끼게 된다.

　빨갛게 잘 익은 사과 같아 향기가 진동하고, 감나무 가지 끝 까치밥 같은 시인의 사랑은 오늘도 "누군가"를 향하고 있다. 그 '누군가'는 불특정 다수의 인간을 총칭한다.

　시인의 언어는 향기롭고 희생적인 까치밥이다. 그가 가진 소유 중에서 제일 값진 것이다. 평자는 2연에서 "빨갛게 잘 익은 사과처럼 탐스럽고"라는 표현에 주목하게 된다. 과수원의 사과는 멀리서 바라보면 탐스럽고 잘 익은 것 같지만, 가까이 다가서서 살펴보면 구석구석 흠집과 상처를 간직한 채 향기를 발산한다. 인생의 가을을 맞은 이정인의 모습이다.

　수명연장 100세 시대, 화자는 만물의 영장 인간을 사랑하기 위해 요양원을 택했다. 왜 요양원을 선택했을까? 세상 소유는 헛되고, 사랑은 영원하기 때문이다. 긴 세월 고독을 견딘 어르신들이 원하면 기쁜 헌신과 희생을 감당할 신앙적 각오가 느껴진다.

## 5. 마무리

시의 언어는 현대의 의식과 정면 대결하는 경향이 있다. 화자의 시는 종교적 색채가 강하다. 온몸에 불이 붙었으나 잿더미를 면한 "가시떨기나무의 노래"이기 때문이다. 시인은 인생의 가을이 되어서야 공수래공수거라는 존재의 철학, 진정한 사랑법의 의미를 깨달은 것 같다.

하나님과 관계의 재정립은 인간 사랑으로 표출된다. 가시떨기나무 같은 존재로서는 최고의 축복을 받은 상태이다. 각 시편 속 목소리는 죽음 너머 영원을 지향한다. 인간의 의식조차 오염된 시대에 하나님 사랑, 인간 사랑, 실천적 사랑만이 최고의 가치가 있음을 깨우친 목소리이다.

자신이 쓴 시가 누군가에게 닿아 희망이 되고, 영혼 구원이 된다는 것을 확신한다. 병들고 소외된 사람을 끌어안고 포용하는 것도 사랑 행위지만, 시의 공명으로 인간을 깨우치는 예술 행위도 멋진 사랑이다. 고로 완전한 사랑을 노래하며, 독자에게 말을 거는 이정인의 시는 효용가치가 있다.

삶 뒤에 은둔 되어진 죽음과 영원한 세계의 비밀도 슬그머니 노출시킨다. 「용서」, 「애인」, 「피카소의 그림 앞에서」, 「천일홍이 숨겼다」, 「시들지 않는 꽃」, 「은총의 계절」, 「갈등의 숲」, 「그 사랑」, 「사랑이라는 화두 앞에서」, 「장미꽃차를 우리며」, 「겨울에 핀 장미」, 「무상의 시간」 등은 한정된 지면 탓에 일별하지 못했지만, 음미할만한 작품들이다. 인연 닿는 독자의 일독을 권한다.

# 가시떨기나무의 노래

이정인 지음

발행처     도서출판 **청어**
발행인     이영철
영업       이동호
홍보       천성래
기획       남기환
편집       방세화
디자인     이수빈 | 김영은
제작이사   공병한
인쇄       두리터

등록       1999년 5월 3일
          (제321-3210002510019990000063호)

1판 1쇄 발행   2023년 1월 20일

주소       서울특별시 서초구 남부순환로 364길 8-15 동일빌딩 2층
대표전화   02-586-0477
팩시밀리   0303-0942-0478
홈페이지   www.chungeobook.com
E-mail    ppi20@hanmail.net
ISBN      979-11-6855-116-9(03810)

본 시집의 구성 및 맞춤법, 띄어쓰기는 작가의 의도에 따랐습니다.